Hufen Afiach Dai

Meilyr Siôn

Hufen Afiach Dai

lluniau gan
Huw Aaron

atebol

Cyhoeddwyd gyntaf yng Nghymru yn 2021 gan Atebol, Adeiladau'r Fagwyr,
Llanfihangel Genau'r Glyn, Aberystwyth, Ceredigion SY24 5AQ

atebol.com

Dyluniwyd gan Dylunio GraffEG

ISBN 978-1-913245-40-5

Argraffwyd a rhwymwyd yng Nghymru.

Pennod 1

Gorweddai Dai Bola Bach yng ngolau cynnes yr haul. Breuddwydiai'r cawr am ei hoff beth yn y byd, sef hufen afiach. Ochneidiodd wrth ddychmygu ei hun yn arllwys hufen iâ blas mintys, mwstard a *mayonnaise* dros bitsa anferth. Dychmygodd y gymysgedd yn lledu dros y toes, y caws a'r saws tomato. Gwelodd ei hun yn codi'r wledd gyda'i ddwylo blewog cyn stwffio'r cyfan i'w geg. Gallai flasu'r gymysgedd ar ei dafod gan deimlo'r slwtsh yn llithro i lawr ei wddf.

'Bendigedig,' ebychodd. Rhedai'r poer o'i geg fel lafa'n llifo i lawr ochrau llosgfynydd cyn gorwedd rhwng ei enau niferus.

Dihunodd Dai'n sydyn. Roedd rhywun yn sgrechian gerllaw. Agorodd ei lygaid a gwelodd dair gwylan yn clebran ar ei fola.

'Ble ry'n ni, Bob?' holodd yr aderyn mwyaf.

'Sdim syniad gen i, Beti,' atebodd Bob.

‘Dwi’n credu ein bod ni wedi glanio ar babell syrcas,’ meddai’r drydedd wylan.

‘Pam rwyt ti’n gweud hynny, Barbra?’ holodd Bob.

‘Edrychwch!’ atebodd hithau wrth gloddio’i phig yng nghrys Dai. ‘Mae’n fawr, yn grwn ac yn lliwgar!’

Sylweddolodd Dai fod yr adar yn disgrifio’i fola o dan ei grys Hawäiaidd. Roedd e wrth ei fodd yn gwisgo’r crys gyda siorts Bermuda a phâr o fflip-fflops am ei draed.

‘Dwi’n dwlu ar y syrcas, yn enwedig y morlewod,’ meddai Bob wrth guro’i adenydd a sgrechian yn groch.

‘Beth wyt ti’n neud?’ holodd Beti’n syn.

‘Dwi’n dynwared morlew,’ atebodd Bob cyn ailgydio yn y sgrechiadau a’r symudiadau rhyfedd.

Chwarddodd Beti a Barbra a rholio ar draws bola Dai. Roedd sŵn y gwylanod yn dechrau mynd ar nerfau’r cawr.

Stopiodd Bob yn sydyn. ‘Dwi ’di rhoi pen tost i fy hunan,’ meddai wrth rwbio’i ben. ‘Hei! Dwi ’di meddwl am jôc. Beth mae parasetamol yn ei gael i frecwast?’

‘Sdim syniad gen i,’ atebodd Barbra.

‘Na minnau,’ ychwanegodd Beti cyn holi, ‘Beth mae

parasetamol yn ei gael i frecwast?'

'PEN TOST!' bloeddiodd Bob.

'Ha, ha! PEN TOST, PEN TOST!' sgrechiodd Beti.

'Beth yw parasetamol?' holodd Barbra wrth syllu ar ei ffrindiau.

'Tabledi ar gyfer pen tost,' atebodd y ddau arall.

'O, ie, ro'n i'n gwybod hynna,' meddai Barbra.

'DYNA DDIGON!' bloeddiodd Dai Bola Bach wrth godi ar ei eistedd. Cipiodd yr adar gydag un o'i ddwylo a'u codi at ei wyneb. Disgleiriodd ei ben moel yng ngolau'r haul a rhythodd ar y tri aderyn gyda'i lygaid duon. 'Y tro diwethaf i mi weld gwylanod fe wnes i greu hufen afiach blas gwylan, grawnwin a gyrcin. Roedd e'n flasus dros ben,' meddai wrth i boer lifo o'i geg eto.

'Mae hwn yn fy atgoffa i o Beli Bola Mawr,' sibrydodd Beti i'w ffrindiau.

'BELI BOLA MAWR! BELI BOLA MAWR!' sgrechiodd Bob a Barbra.

Cododd Dai'r adar yn agosach i'w wyneb. 'Sut ry'ch chi'n nabod fy mrawd, Beli Bola Mawr?' holodd yn ffyrnig.

‘Wyt ti’n addo’n rhyddhau ni os ddwedwn ni wrthot ti?’ holodd Bob.

Gwenodd Dai’n slei ar yr aderyn. ‘Dwi’n addo.’

‘Cau dy big, Bob!’ siarsiodd Beti.

‘TAWELWCH!’ gwaeddodd Dai. ‘Nawr, dos yn dy flaen.’

Caeodd Beti a Barbra eu llygaid. Gwyddai’r ddwy fod pethau ar fin mynd yn flêr!

‘Wel, fel rwyt ti siŵr o fod yn gwybod, hen fwli cas yw Beli. A salw! Dwi erioed wedi gweld y fath olwg! Heb sôn am arogli’r fath drewdod! Dwi ddim yn credu ei fod e wedi bod yn agos at fath ers canrifoedd a dyw ei geg e heb weld deintydd chwaith,’ meddai Bob wrth i Beti a Barbra ysgwyd eu pennau’n anobeithiol.

Nodiodd Dai. Roedd hi’n amlwg bod yr wylan wedi cwrdd â’i frawd mawr wedi’r cyfan, meddyliodd.

‘Ta beth, fe wnaeth y tri ohonom ni helpu i ryddhau trigolion Cwm Cwstard ac erlid Beli i waelod y môr,’ broliodd Bob.

‘Dofe wir?’ holodd Dai.

‘Do,’ atebodd Bob. ‘Gawn ni fynd nawr?’

Diflannodd y wên ar wyneb Dai. ‘Na chewch!’

‘Ond fe wnest ti addo,’ cwynodd Bob.

'Ry'ch chi'n mynd i dalu am erlid fy mrawd,' chwyrnodd y cawr. 'Reit, beth wnes i gyda'r rysáit ar gyfer hufen afiach gwylanod, grawnwin a gyrcin?'

Yn sydyn, gwelodd yr adar belen ddisglair yn rhuthro tuag atyn nhw a bu raid iddyn nhw gysgodi eu llygaid gyda'u hadenydd rhag y golau llachar.

'Sawl gwaith sy'n rhaid i mi ddeud? Paid â chwara efo dy fwyd, Dai!' gwichiodd rhywun yn llym.

Agorodd y gwylanod eu llygaid. Yn sefyll wrth draed y cawr roedd gwraig fach, gron wedi'i gorchuddio o'i phen i'w sawdl mewn gemau disglair. Edrychai fel pelen oddi ar goeden Nadolig.

'Beth sy'n bod nawr, Blodwen Bling?' holodd Dai'n ddiflas.

'Mi ddudai wrtha chdi be sy'n bod!' sgrechiodd y ddynes. 'Mae cwmni Slebetsh a Slwj wedi ffonio'n deud eu bod nhw angan dy hufen afiach erbyn wsnos nesa! Mae disgyblion o bob cwr o Sir Hir yn dŵad yma heddiw am wythnos o wyliau! Mae'r ysgol gynta ar fin cyrraedd Gwersyll Hyll Glan Llan efo bws llond plantos bach erchyll i weithio yn dy sied ... a dyma chdi'n chwara efo gwylanod!'

Ochneidiodd Dai Bola Bach gan ryddhau ei afael ryw ychydig ar yr adar yn ei law. Bachodd y gwylanod ar y cyfle i'w heglu hi o'i afael. Ond doedd Beti ddim yn ddigon cyflym.

'Dere di'n ôl fan hyn,' chwyrnodd Dai a'i chipio hi am yr eildro.

'Dyna ddigon, Dai!' bloeddiodd Blodwen. 'Rŵan ta, gofyn i'r aderyn a ydi hi 'di gweld cathod yn crwydro'r safla?'

Teimlodd Beti law'r cawr yn crynu'n sydyn. 'Dwi'n casáu cathod!' chwyrnodd yn isel.

'A minnau! Yn enwedig y rhai bychain, fflwfflyd efo llygaid mawr!' gwichiodd Blodwen.

'Maen nhw'n codi arswyd arna i, Blodwen!'

'Dwi'n cytuno. Dwi'm isho'u gweld nhw yma byth eto!'

Syllodd Dai ar Beti. 'Wyt ti wedi gweld cathod o gwmpas y lle?'

Ysgydwodd Beti ei phen.

'Diolch i'r drefn am hynny!' meddai Blodwen. 'Dos â'r wylan i dy sied. Mi wna i gysylltu pan ddaw'r amsar i chdi gasglu'r plant.'

'Iawn, cariad,' meddai Dai. Gwyliodd ei wraig yn hercian i

gyfeiriad y maes parcio. Cododd ar ei draed a llamu'n gyflym tuag at ei bencadlys.

Cafodd Beti ei thaflu i bob cyfeiriad yn llaw'r cawr. Roedd hi'n gobeithio y byddai ei ffrindiau'n dychwelyd i'w hachub cyn iddi gael ei chynnwys yn rysáit oeraidd nesaf Dai Bola Bach.

Pennod 2

Gwibiodd bws Ysgol Llan Llaid drwy giatiau Gwersyll Hyll Glan Llan. Agorodd Gwynfor y Gyrrwr y drws a llithrodd y disgyblion allan o'r cerbyd. 'Dwi'n mynd i gael pryd o dafod pan af i'n ôl i'r depo! Mae rhywun wedi cario pridd trwy 'ngherbyd i,' cwynodd wrth ailosod tri llinyn tenau o wallt ar draws ei ben moel.

'Pawb i sefyll mewn rhes ar unwaith!' bloeddiodd Mr Mwd. Syllodd ar hyd y llawr gan ddilyn y llwybr mwdlyd at draed y troseddwr. Twtiodd yn flin cyn codi ei olygon at y bachgen tal ar ddiwedd y rhes. 'Medwyn Hudo Mwydod! Sawl gwaith sydd rhaid i mi ddweud? Dwyt ti ddim yn cael hudo mwydod yn ystod oriau'r ysgol!'

'Ond dwi ddim yn yr ysgol, syr,' atebodd y bachgen.

Rhythodd yr athro ar y disgybl. Disgynnai ei wallt fel stribedi o sbageti brown o'i ben hyd at ei ysgwyddau. Roedd ei ddillad yn

wyn ar gychwyn y daith ond erbyn hyn gallai'r athro weld olion pridd arnyn nhw. 'Tyn y mwydod allan o dy bocedi ar unwaith!' gorchmynnodd. Roedd y creaduriaid yn codi arswyd ar Mr Mwd, ond doedd e ddim eisiau i'r disgyblion wybod hynny.

Dechreuodd Medwyn grynu'n ofnus a thasgodd y mwydod o'i bocedi gan lanio ar ben y plant ym mhen pella'r rhes.

'Aaaa! Dwi'n casáu pryfed genwair!' sgrechiodd Tanwen Twt.

Chwarddodd Tina Tŷ Bach a safai wrth ochr Medwyn. Roedd Tanwen yn gwneud môr a mynydd o'r peth, fel arfer, meddyliodd.

'Beth sydd mor ddigri, Tina?' holodd Mr Mwd. Gwnaeth ei orau i guddio'i ofn ac ymddangos yn flin. A dweud y gwir, roedd e'n falch o gael rhywbeth i dynnu'i sylw oddi ar y mwydod.

'Dim syr,' atebodd hithau. 'Ga i fynd i'r tŷ bach, plis?'

Edrychodd yr athro'n ddig ar y ferch fach â'r gwallt pigog mewn dyngarîs ac esgidiau oren. Roedd ei hwyneb wedi'i orchuddio gan frychau'r haul, a rhwbiodd ei thrwyn smwt.

'Beth yw dy obsesiwn di 'da'r tŷ bach? Ti'n treulio'r rhan fwyaf o'r diwrnod ysgol yno,' meddai Mr Mwd.

Roedd yr athro'n llygad ei le, meddyliodd Tina. Doedd dim

byd yn well ganddi nag eistedd ar y toiled yn darllen ei hoff gylchgrawn, *Y Pedwarawd Pwerus* gan Wili Silibili. Byddai ei rhieni'n rhoi stŵr iddi hefyd. Doedd y tŷ bach byth ar gael pan fyddai Tina adre, cwynai'r ddau.

Yn sydyn, llenwyd y maes parcio â golau llachar a bu raid i bawb gysgodi eu llygaid.

'Croeso cynnas i Wersyll Hyll Glan Llan,' gwichiodd llais benywaidd yn uchel.

Edrychodd Tina a Medwyn yn ofalus rhwng eu bysedd a gweld dynes gryno yn sefyll o'u blaenau. Roedd hi wedi'i gorchuddio mewn gemau drudfawr. Doedd y ddau erioed wedi gweld y fath beth o'r blaen.

'Mae'n edrych fel pelen eira,' meddai Medwyn.

'Pelen eira wedi'i gwneud o ddeiamwntiaid,' ychwanegodd Tina.

'Fi 'di Blodwen Bling. Ydw i'n iawn i feddwl mai chi 'di Ysgol Llan Llaid?'

'Ydych wir. Fi yw Mr Mwd, a dyma'r disgyblion.'

Gallai Medwyn a Tina glywed y gemau'n tincial fel clychau'r Nadolig wrth i'r athro ysgwyd llaw Blodwen.

‘Mae gynnoch chi afael cry’ iawn yn fan’na, Mr Mwd,’ meddai Blodwen braidd yn sigledig.

‘Diolch yn fawr,’ atebodd.

‘Rŵan ta, mi fyddwch chi’n cysgu yn Llys Llanast. Dilynwch yr arwyddion. Ond be am i chi fynd draw i’r stablau i fynd am dro ar gefn y ceffylau yn gynta? Gadewch i’ch gyrrwr fynd â’ch cesys i’r neuadd breswyl.’

‘Ond dwi’n gorfod mynd ’nôl i’r depo i lanhau’r bws,’ cwynodd Gwynfor.

‘Dio’m bwys gen i. Paid â chwyno a gwna dy waith,’ cyfarthodd Blodwen yn flin.

‘Hwrê!’ gwaeddodd y plant.

‘Hwrê yn wir,’ cytunodd Blodwen yn sur rhwng ei dannedd euraid. Roedd hi’n casáu plant. ‘Mi wela i chi yno mewn dim o dro,’ cyhoeddodd yn fwy hwyliog cyn brasgamu o’r maes parcio.

‘Am ddynes fach ryfedd,’ meddai Mr Mwd. ‘Reit, pawb i fynd draw i’r stablau. Medwyn, Tina, fe gewch chi aros yn fan hyn i helpu Gwynfor gyda’r cesys dillad.’

‘Dyw hynna ddim yn deg,’ cwynodd Tina.

‘Nagyw e nawr? Gan dy fod ti mor ewn, Tina, fe gewch chi

hefyd helpu i'w cario nhw bob cam draw i'r neuadd breswyl,' meddai'r athro cyn dilyn y disgyblion.

'Paid â phoeni, Tina, fyddwn ni 'di gorffen mewn chwinciad,' cysurodd Medwyn. 'Mae'r gyrrwr wedi dadlwytho'r bws yn barod.'

Syllodd y ddau blentyn ar y cesys wedi'u pentyrru fel mynydd bychan o'u blaenau. Canodd Gwynfor gorn y bws a diflannodd y cerbyd drwy'r giatiau.

'Roedd Gwynfor i fod i helpu ond mae e 'di mynd! Fyddwn ni wrthi drwy'r bore'n cario'r rhain draw i Lys Llanast,' cwynodd Tina.

Gwenodd Medwyn ar ei ffrind a dechreuodd ysgwyd ei fysedd a mwmial yn uchel. Crynodd y ddaear o dan eu traed a gwelodd Tina fwydyn yn ymddangos trwy'r chwyn a dyfai o'r tarmac. Yna ymddangosodd un arall, ac un arall, ac ymhen dim roedd miloedd o fwydod yn tasgu ac yn gwingo ar draws y maes parcio.

'Sdim amser 'da ti i chwarae gyda mwydod, Medwyn. Mae 'da ni waith i'w wneud!'

Gwyrodd Medwyn ei fysedd tuag at y cesys. Cododd y mwydod y bagiau trymion a'u symud i gyfeiliant y bachgen tal.

‘O, Medwyn, ti’n *genius*!’ meddai Tina cyn rhoi cwtsh sydyn iddo.

Cafodd y plant eu codi oddi ar eu traed gan y mwydod a’u tywys tuag at y llwybr. Bu’n rhaid i’r ddau syllu am beth amser ar yr arwyddion oherwydd roedden nhw wedi llwydo ac roedd hi’n anodd darllen y llythrennau. Ar ôl sbelen go lew daeth Tina ar draws yr arwydd gyda’r geiriau ‘Llys Llanast’ arno. Llywiodd Medwyn y mwydod i’r cyfeiriad cywir ac i ffwrdd â nhw.

‘Mae llwyth o dyllau yn y llwybr yma,’ mynnodd Medwyn.

‘Ti’n iawn,’ atebodd Tina. ‘Dyw’r gwrychoedd heb gael eu torri ers tro byd chwaith.’

Ymhen dim gwelodd y ddau adeilad yn ymddangos drwy’r coed. Roedd tyllau yn y to a doedd y muriau heb weld cot o baent ers amser.

‘TO LED U,’ meddai Medwyn wrth ddarllen arwydd ar gornel yr adeilad. ‘Beth yw hynna?’

Chwarddodd Tina. ‘ “Toiledau” ddylai fe fod. Mae rhai o’r llythrennau ar goll.’ Neidiodd oddi ar y mwydod a cherddodd tuag at yr adeilad.

‘Ble rwyt ti’n mynd?’ holodd Medwyn.

‘I’r tŷ bach,’ atebodd hi’n hapus cyn tynnu cylchgrawn o’i phoced ôl a diflannu trwy ddrws yr adeilad.

Ochneidiodd Medwyn. Syllodd o’i gwmpas a sylwodd ar arwydd siabi arall yn pwyntio tuag at Lys Llanast. Anfonodd y ceaduriaid yn eu blaenau i’r neuadd breswyl. Roedd yn sefyll ar ei ben ei hun pan gofiodd am y stŵr a dderbyniodd gan ei fam y noson cynt. Roedd Medwyn wedi bod yn hudo mwydod yn ei gwsg a phan gododd yn y bore roedd y creaduriaid seimllyd wedi cario’r holl gelfi a’u dympio ar y lawnt y tu allan i’r tŷ.

‘O hyn ymlaen bydda i’n clymu dy fysedd gyda thâp cyn i ti fynd i’r gwely,’ rhybuddiodd ei fam yn grac.

Gwenodd Medwyn i’w hun. Byddai angen rhywbeth cryfach na thâp i’w rwystro rhag hudo mwydod, meddyliodd.

Diflannodd ei wên pan gyrhaeddodd Lys Llanast. Gorweddai’r gwelyau, y matresi a’r cypyrddau ar draws y borfa hir. Doedd dim golwg o’r ffenestri na’r drysau yn unman chwaith.

‘O, na! Dwi ’di’i gwneud hi eto!’ arswydodd Medwyn. Llonyddodd ei fysedd a diflannodd y mwydod o dan y pridd gan adael y cesys yn bentwr ar y llawr. Ebychodd yn uchel. Byddai’n well iddo gyfaddef iddo wneud camgymeriad ar unwaith, meddyliodd, cyn ei throi hi am y stablau.

Ni wyddai Medwyn, druan, nad ei fai e oedd y llanast. Roedd yr adeilad wedi bod yn y cyflwr yma ers tro. A beth bynnag, roedd Dai Bola Bach a Blodwen Bling eisoes wedi paratoi neuadd breswyl arbennig iawn ar gyfer y plant ...

Pennod 3

Cerddai Medwyn yn araf ar hyd y llwybr. Doedd e ddim eisiau syrthio i mewn i un o'r tyllau a throi ei bigwrn. O'r diwedd, gwelodd arwydd yn dangos y ffordd i'r stablau a suddodd ei galon. Gwyddai fod pregeth a chosb yn ei ddisgwyl pan fyddai'n dweud wrth Mr Mwd am y bennod anffodus draw yn Llys Llanast.

Yn sydyn, glaniodd dwy wylan ar yr arwydd gan godi ofn arno.

'Shwmae?' meddai un o'r gwylanod. 'Fi yw Bob.'

Syllodd Medwyn yn syn ar yr aderyn. Doedd e erioed wedi dod ar draws gwylan oedd yn gallu siarad o'r blaen.

'Ydi hwn yn fyddar?' meddai'r wylan arall wrth ei ffrind.

'Paid â bod yn ewn, Barbra. Ry'n ni angen ffindo mas a yw e 'di gweld Dai Bola Bach,' meddai Bob. 'WYT TI'N GALLU

SIARAD?' holodd Bob yn uchel ac yn araf.

Nodiodd Medwyn ei ben.

'Beth yw dy enw di?' holodd Barbra.

'Medwyn. Medwyn Hudo Mwydod.'

'Medwyn Hudo Mwydod?' ailadroddodd yr adar cyn chwerthin yn uchel.

'Hei, Medwyn, beth sy'n swnllyd ac yn drewi o fwydod?' holodd Bob yn gyffrous.

'Ym ... sai'n gwybod?' atebodd y bachgen.

'Cnecs adar!' bloeddiodd Bob gan chwerthin yn uchel.

'Cnecs adar!' bloeddiodd Barbra'n uwch cyn ymuno â'r chwerthin.

Ysgydwodd Medwyn ei ben. Roedd y gwylanod yn wallgo, meddyliodd, a throdd i adael.

'Hei, ble ti'n mynd?' holodd Bob.

'Dwi angen ymuno â disgyblion yr ysgol draw ger y stablau.'

'Paid â mynd! Trap yw e!' sgrechiodd Barbra.

'Ie, mae Blodwen Bling wedi galw ar bawb i ymgasglu yno ac yna fe fydd hi'n galw ar Dai Bola Bach!' ychwanegodd Bob.

'Pwy yw Dai Bola Bach?' holodd Medwyn.

‘Cawr mawr, creulon,’ atebodd yr adar.

‘Dwi’n gweld. Beth yn union fydd y cawr yma’n ei wneud gyda hanner cant o blant ysgol?’ holodd Medwyn yn amheus.

‘Eich gorfodi chi i greu hufen afiach yn ei sied,’ atebodd Barbra.

Tro Medwyn oedd hi i chwerthin nawr. ‘Da iawn. Roedd honna’n well na’r jôc am y cnecs adar,’ meddai cyn cerdded i ffwrdd.

‘O, wel, fe drio ni ei rybuddio fe,’ meddai Bob wrth wylio Medwyn yn diflannu i fyny’r llwybr.

Cafodd Medwyn dipyn o sioc pan gyrhaeddodd y stablau. Gwelodd Mr Mwd a’i gyd-ddisgyblion yn sefyll yn yr iard gyda dom ceffyl lan at eu pengliniau.

‘Dwi’n casáu caca ceffyl,’ cwynodd Tanwen Twt. ‘Mae’n drewi!’

‘Bydd yn dawel, Tanwen,’ cyfarthodd yr athro.

‘Beth y’ch chi’n neud?’ holodd Medwyn.

‘Medwyn! Diolch byth!’ meddai Mr Mwd. Am unwaith roedd yr athro’n falch o’i weld.

Camodd Medwyn tuag ato a sylweddolodd ei gamgymeriad

yn syth. Teimlodd ei draed yn suddo yn y llaca slwtshlyd cyn caledu'n sydyn o gwmpas ei goesau. Roedd e'n sownd!

Ar y gair, gwelodd Medwyn Blodwen yn disgleirio ger y mynediad. 'Su'mae, hogia a genod Llan Llaid? Ydi pawb yn mwynhau?' holodd hi.

'Ydyn ni'n edrych fel petaen ni'n mwynhau?' bloeddiodd Mr Mwd.

'Paid â phoeni, del, mi fydd help yma mewn chwinciad,' cysurodd Blodwen. Cododd chwiban arian i'w cheg a'i chwythu'n nerthol. Bu'n rhaid i bawb orchuddio'u clustiau er mwyn eu diogelu rhag y sŵn byddarol.

Teimlodd Medwyn y ddaear yn crynu o dan ei draed a gallai glywed twrw fel taranau yn nesáu tuag at yr iard. Chwyddodd ei lygaid fel soseri pan welodd wyneb anferthol yn codi o'r tu ôl i wal gerllaw. Roedd y gwylanod yn dweud y gwir wedi'r cyfan, sylweddolodd Medwyn wrth edrych ar Dai Bola Bach yn gwenu arno.

'Dyma'r grŵp cynta i chdi, Dai,' cyhoeddodd Blodwen.

Gosododd y cawr whilber fawr arian ar yr iard a dechreuodd godi'r plant a'u rhoi ynddi'n ofalus.

Ysgydwodd Medwyn ei fysedd a dechreuodd fwmial yn uchel. Ymddangosodd mwydod yn y dom a theimlodd Medwyn ei hun yn cael ei godi i fyny.

'Aaa! Mwydod!' sgrechiodd Mr Mwd cyn llewygu yn y fan a'r lle.

'Mwydod?' holodd y cawr yn llawn diddordeb. 'Gallen i greu hufen afiach diddorol iawn gyda'r rhain. Hufen afiach blas mafon, mwydod a mwd,' meddai wrth i boer lifo'n araf o'i geg ac i lawr ei enau.

Ysgydwodd Medwyn ei fysedd yn gynt a chododd y mwydod e tuag at y wal. Edrychai fel syrffiwr yn arnofio ar donnau'r môr wrth iddo gael ei godi'n uwch ac yn uwch.

'Dere'n ôl fan hyn,' bloeddiodd Dai wrth wylio'r bachgen yn diflannu dros y wal.

'Anghofia amdano fo, Dai bach,' gwichiodd Blodwen yn llym. 'Casgla pawb ynghyd a dos â nhw i'r sied. Bydd yr ysgol nesa'n cyrraedd o fewn yr awr!'

'Ie, iawn cariad,' meddai'r cawr rhwng ei ddannedd. Gwyddai nad oedd pwynt anghytuno â'i wraig. Hi oedd y bòs a dyna ddiwedd arni!

Cododd Dai weddill y disgyblion a'r athro yn ei freichiau enfawr â'u rhoi yn y whilber. Gwenodd. Roedd hi'n amser gwneud hufen afiach eto.

Arhosodd y creadur i'r cawr adael cyn camu ar ei bawennau allan o'r stabl. Roedd yr holl sŵn a'r cyffro wedi tarfu ar ei gwsg a phenderfynodd chwilio am rywle tawelach i lechu.

Draw yn y tŷ bach roedd Tina'n llawer rhy brysur i sylwi ar helyntion y stablau. Roedd hi wedi ymgolli'n llwyr yn ei chylchgrawn!

Pennod 4

Daeth bws Ysgol y Paill i stop ym maes parcio Gwersyll Hyll Glan Llan. Chwythodd drws y cerbyd oddi ar ei fachau a ffrwydrodd y plant allan trwy'r gwagle!

'O na!' llefodd Seimon Smart wrth edrych ar y rhwygiadau yn ei ddillad drud. Roedd ei fam yn berchen ar siop ddillad yn y dre ac roedd ei mab bob amser yn edrych yn drwsiadus.

'Anghofia am dy ddillad! Beth am fy ngwallt i?' cwynodd Geinor Gwallt pan welodd ei hadlewyrchiad yn ffenest y drws. 'Roedd e'n berffaith bore 'ma ond nawr mae'n edrych fel nyth brân!' Roedd ei mam yn berchen ar siop trin gwallt orau'r sir, a byddai bob amser yn gofalu bod gwallt ei merch yn berffaith.

Sleifiodd Teleri Tisian yn dawel allan o'r cerbyd. Gwyddai mai ei bai hi oedd y cyfan. Doedd dim y gallai wneud am y peth oherwydd roedd gan y ferch alergedd at bopeth, gan achosi iddi disian yn wyllt.

Camodd Miss Macyn yn sigledig o'r bws cyn ymuno â'i disgyblion. Teimlai Teleri'n euog wrth edrych arni. Fel arfer, byddai'r athrawes yn edrych fel pìn mewn papur yn ei ffrogiau blodeuog, ei cholur perffaith a'i gwallt taclus. Ond edrychai'n wahanol iawn yr eiliad honno. Roedd ei ffrog wedi crychu, ei cholur yn rhedeg i lawr ei hwyneb a'i gwallt yn gorwedd yn glwstwr anniben ar ei phen.

'Dy fai di yw hyn, Teleri!' meddai Seimon.

'Cadwa draw oddi wrth bawb yr wythnos hon, ti'n clywed?' ychwanegodd Geinor yn llym.

Clywodd Teleri'r disgyblion eraill yn cytuno a golchodd ton o gywilydd drosti.

'Dewch nawr, blant. Peidiwch â bod mor llym. Mae pawb yn gwybod bod Teleri'n dioddef o alergau. Nid ei bai hi yw hynny,' meddai'r athrawes yn dyner wrth estyn macyn iddi.

Chwythodd awel ysgafn drwy'r maes parcio a saethu i fyny trwyn sensitif Teleri. Teimlodd ei ffroenau'n cosi a gwthiodd y macyn yn dynn yn erbyn ei thrwyn.

'Pwy sy'n gyfrifol am greu llanast yn fy mws i?' holodd Gareth y Gyrrwr wrth wthio'i ben trwy'r gwagle lle safai'r drws rai munudau ynghynt. 'Mae'r cerbyd yn edrych fel petai corwynt newydd ruthro drwyddo!'

Roedd wyneb Teleri'n gochach na thomato erbyn hyn, a chrynai ei chorff wrth iddi frwydro i gadw'r tisiad yn ddiogel yn ei ffroenau. Ond ofer fu pob ymdrech.

'ATISHW!' rhuodd ei thrwyn gan daflu'r plant a'r athrawes i bob cwr o'r maes parcio fel darnau o gonffeti.

'Ysgol y Paill?' clywodd Teleri lais gwichlyd yn galw. Trodd a gwelodd ddynes gryno yn pefrio fel seren o'i blaen. Roedd y wraig wedi'i gorchuddio mewn deiamwntiaid a gemau disglair. Gwelodd Teleri ei hadlewyrchiad ei hun yn y garreg saffir a hongiai ar gadwyn o gwmpas gwddf y ddynes. Yn anaml y byddai'n edrych arni hi'i hun mewn drych. Roedd ei mam yn ei gwisgo mewn dillad rhad ac yn cadw'i gwallt cyrliog yn hir. 'Beth yw'r pwynt gwario arian arnat ti os wyt ti'n mynd i chwalu'r cyfan ar ôl i ti disian,' byddai ei mam yn dweud wrthi'n aml.

'Helô,' meddai Miss Macyn wrth nesáu'n grynedig.

Syllodd y ddynes ar y plant a'r athrawes sgryfflyd yr olwg.

‘Pam dach chi ’di gwisgo fatha bwganod brain?’

Roedd Miss Macyn ar fin esbonio beth oedd newydd ddigwydd ond fe fachodd Gareth y Gyrrwr ar y cyfle i gwyno unwaith eto. ‘Pwy sy’n mynd i esbonio’r llanast yma i fy mòs ’nôl yn y depo?’ holodd wrth ailosod tri llinyn tenau o wallt ar draws top ei ben.

‘Does gen i ddim amsar i wrando arna chdi’n cwyno! Dos i nôl bagiau’r plant a bydd yn dawal, yn enw’r Tad!’ sgrechiodd y ddynes cyn troi i wynebu Miss Macyn. ‘Croeso i Wersyll Hyll Glan Llan. Fi ’di Blodwen Bling, perchennog y gwersyll,’ meddai’n sebonllyd.

‘Diolch,’ atebodd yr athrawes wrth dwtio’i gwallt a sythu ei ffrog.

‘Mi fyddwch chi’n aros yn Llys Llwm tra byddwch chi yma. Dydi o’m yn bell. Dilynwch yr arwyddion, ac ar ôl i bawb setlo, mi wela i chi ger y Llyn Dros y Bryn,’ meddai Blodwen cyn hercian i ffwrdd.

Trodd Miss Macyn i wynebu’r disgyblion. ‘Glywsoch chi beth ddwedodd Blodwen. Rhowch eich dillad nofio ymlaen ar ôl i chi gyrraedd y neuadd breswyl ac fe wela i chi wedyn.’

Aeth y plant ati i gasglu'r cesys dillad yn gyffrous. Cododd cwmwl o lwch wrth i bawb frwydro ymysg ei gilydd. Tasgodd y llwch i fyny trwyn Teleri gan achosi iddi disian yn uchel eto. Saethodd fel roced oddi ar y maes parcio cyn diflannu ymhlith y cymylau.

'Pob lwc 'da honna,' meddai Gareth wrth godi drws ei fws a'i osod yn y cerbyd.

'Diolch,' atebodd Miss Macyn. Roedd hi'n argoeli i fod yn wythnos lawn digwyddiadau, meddyliodd yr athrawes yn ofidus.

Pennod 5

Rhwbiodd Teleri Tisian ei phen ôl. Roedd hi wedi llwyddo i lanio ynghanol pentwr o fatresi ar ôl hedfan o'r maes parcio rai munudau ynghynt. Edrychodd o'i chwmpas a gwelodd adeilad gyda'r geiriau 'LLY LLW' mewn llythrennau bras arno. Tybiodd mai hwn oedd neuadd breswyl Ysgol y Paill a bod y llythrennau 'S' ac 'M' wedi disgyn oddi ar yr arwydd.

Roedd 'Llys Llwm' yn enw addas iawn ar gyfer yr adeilad, ystyriodd Teleri. Plisgai'r paent oddi ar y ffenestri a'r drysau ac fe orweddai llechi toredig ymhlith y borfa hir. Doedd y tu mewn i'r adeilad ddim llawer gwell. Rhedai staeniau brown a gwyrdd i lawr y muriau, a gallai Teleri arogli drewdod llaith yn codi o'r neuadd gysgu.

Taflodd ei chesys ger un o'r gwelyau bync a'i throi hi am y llyn. Doedd hi ddim yn edrych ymlaen i gysgu yn y neuadd am wythnos gyfan.

Cerddodd yn araf am y llyn gyda'i thywel a'i gwisg nofio o dan ei chesail. Roedd hi wedi hen arfer treulio amser yn ei chwmni hi'i hun. Cadwai'r disgyblion eraill eu pellter yn yr ysgol. Roedd ei thisian yn codi ofn ar bawb ac fe roddai Seimon a Geinor amser caled iddi hefyd.

Doedd pethau ddim llawer gwell adre. Roedd ei rhieni wedi cael llond bola ar ei thisian diddiwedd ac wedi'i gorfodi i gysgu yn y sied ar waelod yr ardd.

'Mae mwy o dyllau yn y tŷ 'ma na chaws o'r Swistir,' cwynodd ei thad un tro.

'Ti 'di torri fy llestri gore i!' ceryddodd ei mam.

Codai paill o'r borfa a'r blodau gwylltion wrth i Teleri nesáu at y llyn. Cyn iddi sylweddoli beth oedd yn digwydd, saethodd tisiad arall o'i thrwyn a'i thaflu i gopa'r bryn. O leia fydd dim rhaid dringo'r llethr mwyach, meddyliodd yn hapus.

'Mae'r offer yma'n disgyn yn ddarnau,' clywodd Teleri Seimon yn cwyno.

'Pam taw ni sy'n gorfod cario'r cyfan i fyny'r bryn serth yma? Dylai Teleri ei neud e fel cosb am ddinistrio'r bws,' cwynodd Geinor.

Edrychodd Teleri i lawr ar blant Ysgol y Paill yn dringo'r bryn yn araf tuag ati. Roedd hi ar fin mynd i'w helpu pan glywodd rywbeth yn glanio wrth ei hochr. Trodd a gweld dwy wylan yn syllu arni.

'Helô! Fi yw Bob a dyma Barbra,' meddai un o'r adar yn serchog. 'Pwy wyt ti?'

Edrychodd y ferch yn syn arnyn nhw. Doedd hi erioed wedi cwrdd â gwylanod oedd yn medru siarad o'r blaen. 'Fi yw Teleri Tisian,' atebodd yn dawel.

'Hei, Teleri, pam bod dŵr y môr yn llawn halen?' holodd Bob yn gyffrous.

'Dwi ddim yn gwybod,' atebodd Teleri.

'Oherwydd fe fyddai môr llawn pupur yn gwneud i'r pysgod disian!' meddai Bob cyn chwerthin a rholio ar hyd copa'r bryn.

'O, dwi'n hoffi'r jôc yna,' gwaeddodd Barbra cyn ymuno â'r rholio a'r chwerthin.

Dechreuodd trwyn Teleri gosi eto. Roedd yn amlwg bod ganddi alergedd tuag at blu adar. Trodd ei phen oddi wrth y gwylanod a thisian yn uchel. Arswydodd drwyddi wrth wylio dŵr y llyn islaw yn diflannu tuag at y môr ar y gorwel.

'O na! Dwi mewn trwbwl nawr!' llefodd Teleri.

‘Anghofia am hynna,’ meddai Bob. ‘Yr unig beth sydd angen i ti boeni amdano yw Blodwen Bling a’i gŵr, Dai Bola Bach!’

Roedd Teleri ar fin gofyn pwy oedd Dai Bola Bach pan ruthrodd Miss Macyn a disgyblion Ysgol y Paill heibio ar eu ffordd i’r llyn.

‘Arhoswch!’ gwaeddodd Teleri wrth wylio pawb yn neidio i ganol y ddaear corsiog.

‘Ych! Mwd!’ cwynodd Seimon Smart.

‘Ble mae’r llyn?’ holodd Geinor Gwallt wrth ddechrau suddo’n araf.

‘Maen nhw ’di cyrraedd! Dere, Barbra,’ clywodd Teleri Bob yn gwichial. Trodd ei phen a chafodd ei dallu gan olau llachar. Yna clywodd sgrech chwiban yn ei chlustiau. Agorodd ei llygaid yn araf.

‘Diolch am gneud ein gwaith ni’n haws, del,’ meddai Blodwen Bling. ‘Pwy fasa’n dychmygu fod cymaint o nerth mewn trwyn mor fychan?’

Agorodd Teleri ei llygaid yn araf. Cafodd sioc aruthrol pan welodd Blodwen Bling a wyneb cawr yn gwenu arni.

‘Allen ni ddefnyddio trwyn y ferch ’ma i wasgaru pob math o

haenau hyfryd ar ben fy hufen afiach. Ewinedd fy nhraed, y flwff o fy motwm bol neu'r cwyr o 'nghlustiau,' meddai'r cawr wrth ddechrau driblo'n sydyn.

'Rho'r gorau iddi ar unwaith, Dai. Dwi'm isho cael fy moddi yn dy boer di. Dos i gasglu'r plant a'u hathrawes yr eiliad hon. 'Mond hannar awr sy gynnon ni cyn i Ysgol Pen Lluwch gyrraedd!' gorchmynodd Blodwen cyn hercian i ffwrdd i lawr y bryn.

Cododd Dai Bola Bach law flewog a'i hestyn am Teleri. Crynodd ei thrwyn a theimlodd ei ffroenau'n cosi. Yna, tisianodd yn ddirybudd a thasgodd i'r awyr fel roced tân gwyllt.

'O, na, ddim eto!' rhuodd Dai wrth i Teleri ddiflannu i ganol y cymylau.

Roedd pâr o lygaid melyn yn gwylio'r cawr yn rhofio'r plant, Miss Macyn a'r pwdel i'r whilber arian. Ar ôl i bawb adael, cododd y creadur o'i guddfan ger y brwyn ac ymestyn ei gorff yn flinedig. Bydd angen iddo chwilio am rywle tawelach i gysgu, meddyliodd, cyn camu i gyfeiriad yr adeiladau.

Yn y cyfamser roedd Tina'n dal i ddarllen ei chylchgrawn ar y tŷ bach, heb wybod dim am yr helynt draw ger y llyn!

Pennod 6

Safai Blodwen Bling yn ddiamynedd ym maes parcio'r gwersyll. Bu'n aros yno ers hanner awr yn disgwyl i Ysgol Pen Lluwch gyrraedd. 'Ble maen nhw?' sgrechiodd yn flin wrth syllu ar ei horiawr euraid.

Ar y gair, gwelodd fws yn troi i mewn drwy'r fynedfa cyn stopio'n araf wrth ei hymyl. Agorodd y drws a chafodd Blodwen sioc pan welodd gawod o lwch yn hedfan ohono a ffigwr gwyn yn cerdded tuag ati.

'Ewadd annwyl, dwi erioed 'di gweld dyn eira'n gyrru bws o'r blaen,' meddai Blodwen.

Pesychodd y ffigwr ac ysgwyd ei gorff er mwyn cael gwared ar y dafnau gwyn.

'Gary'r Gyrrwr ydw i, nid dyn eira,' meddai'r dyn wrth glirio'r llwch o'i wyneb gyda'i ddwylo.

‘Gwranda washi, ti’n hwyr!’ cyfarthodd Blodwen.

‘Nid fy mai i yw e! Y plant ’ma sydd wedi bod yn taflu llwch o gwmpas y bws. Roedd rhaid i fi stopio bob hyn a hyn er mwyn clirio’r ffenestr flaen i weld y ffordd!’ esboniodd Gary wrth ailosod tri llinyn o wallt yn ofalus ar draws top ei ben. ‘Dwi wedi glanhau’r cerbyd unwaith yn barod bore ’ma a ...’

‘Yli, dwi’m isho clywad dy esgusodion! Dos â bagiau’r plant draw i Lys Llwyd ar unwaith!’ meddai Blodwen wrth dorri ar ei draws.

Roedd sgrech y ddynes yn ddigon i godi ofn ar y meirw, a throdd Gary ar ei sawdl i nôl y cesys dillad. Disgynnodd disgyblion ysgol Pen Lluwch fel ysbrydion oddi ar y bws. Roedd haenen o lwch gwyn yn gorchuddio pawb.

‘Ble mae’ch athrawon?’ holodd Blodwen.

Ar y gair, cerddodd dau oedolyn i lawr stepiau’r bws yn dal dwylo’u gilydd yn dynn.

‘Ydych chi’n iawn, Miss Sian Pŵ?’ holodd y dyn yn bryderus.

‘Ydw diolch, Mr Dan Dryff,’ atebodd hi’n dyner.

Syllodd y ddau’n gariadus ar ei gilydd. Chwythodd yr athro’r llwch oddi ar wyneb yr athrawes a brwsiodd hithau’r fflwcs gwynion o’i farf.

‘Mae’n gas gen i gariadon bron cymaint â phlant,’ sibrydodd Blodwen. Siriolodd yn sydyn cyn cyfarch y ddau athro. ‘Croeso i Wersyll Hyll Glan Llan.’

Anwybyddodd y ddau Blodwen yn llwyr. Rhedodd Mr Dan Dryff ei law drwy wallt golau ei gymar a ffliciodd hithau’r smotiau gwynion o’i wallt tonnog.

Chwythodd awel ar draws y maes parcio gan chwythu’r llwch oddi ar y plant. ‘Pwy sy’n gyfrifol am y llanast yma?’ gwichiodd Blodwen.

‘Llŷr Llwch Pen,’ atebodd Hari, Siani a Henri fel parti unsain. Pwyntiodd y tri eu bysedd i’w gyfeiriad gan wenu’n slei.

Gwelodd Blodwen fachgen yn crafu’i ben yn wyllt. Tasgai’r llwch fel cawod eira o’i wallt cwta gan greu twmpath gwyn o gwmpas ei draed.

‘Llŷr Llwch Pen, rho’r gora i’r crafu ar unwaith. Ti’n creu blerwch ym mhobman,’ dwrdiodd Blodwen.

Stopiodd Llŷr ac edrych o’i gwmpas. ‘Dwi ’di llwyddo i guddio’r annibendod, os y’ch chi’n gofyn i fi,’ atebodd yn smala.

‘Wnes i holi dim byd i chdi, washi,’ sgrechiodd Blodwen. ‘Dos i’r storfa yng nghornel y maes parcio. Mi weli di frwsh, rhaw a

berfa yno. Dos i'w nôl nhw a chliria'r llanast yma ar unwaith!'

'Smo hynna'n deg,' cwynodd Llŷr.

'DOS!' bloeddiodd Blodwen.

Doedd y bachgen ddim eisiau pregeth arall, felly trodd ar ei sawdl i chwilio am y storfa.

'Rŵan ta, pawb i fynd draw i'r maes gweithgareddau agored. Dilynwch yr arwyddion ac fe wela i chi ymhen dim. O'r gorau, athrawon?' gofynnodd Blodwen.

Roedd Miss Sian Pŵ a Mr Dan Dryff yn rhy brysur yn syllu i fyw llygaid ei gilydd i gymryd sylw o'r ddynes gryno.

'Mae'ch llygaid gwyrddion yn disgleirio fel dau emrallt yn y golau yma, Miss Pŵ,' meddai Dan.

'O, diolch,' atebodd. 'Mae'ch llygaid gleision yn pefrio fel dau lyn yn y golau yma, Mr Dryff.'

Rholiodd y disgyblion eu llygaid cyn arwain y ddau athro oddi yno.

'Ewadd annwyl, dwi isho chwydu!' meddai Blodwen. 'Mi dduda i wrth Dai i greu rysáit arbennig efo'r ddau yna. Hufen afiach blas cabaitsh, cariad a chaca ceffyl,' poerodd cyn hercian i ffwrdd, wedi'i ffieiddio.

Pennod 7

Ochneidiodd Llŷr Llwch Pen yn flinedig. Roedd ei freichiau a'i goesau'n gwneud dolur o ganlyniad i'r holl frwsio a rhofio. Edrychodd o'i gwmpas a gweld bod ei lwch yn dal i orwedd ar draws y maes parcio. Ysgydwodd ei ben a thasgodd cawod arall o lwch ger ei draed.

'Bob tro dwi'n symud fy mhen mae'r llwch yn hedfan i bob cyfeiriad!' cwynodd yn ddiflas.

Taflodd y rhaw a'r brwsh i'r llawr ac eistedd ar fainc gerllaw. Clywodd grac enfawr a disgynnodd ar ei ben ôl. Roedd pren y fainc wedi pydru a'r sedd wedi ildio o dan ei bwysau.

Digalonnodd Llŷr wrth wylio'r llwch yn dawnsio o flaen ei lygaid. Gwyddai mai fe oedd y disgybl mwyaf amhoblogaidd yn Ysgol Pen Lluwch. Doedd neb eisiau dod yn agos iddo heblaw adeg y Nadolig, wrth gwrs. Bryd hynny roedd pawb yn y pentre eisiau ei lwch gwyn i addurno'u coed a'u gerddi.

Yn sydyn, clywodd leisiau uwch ei ben.

'Dwi erioed wedi gweld eira yn yr haf, Bob.'

'Na minnau, Barbra. Beth am i ni gael golwg fanylach?'

Glaniodd dwy wylan yn y maes parcio a chwythodd eu hadenydd y llwch dros Llŷr. Pesychodd yn uchel.

'Do'n i ddim yn gwybod bod delwau'n pesychu, Bob.'

'Efallai fod annwyd arno fe, Barbra.'

'Bachgen ydw i nid delw,' mynnodd Llŷr yn flin. 'Stopiwch fflapio'ch adenydd, wnewch chi? Chi'n chwythu'r llwch i bob man.'

'Hei, Barbra, wyt ti eisiau clywed jôc?'

'Ydw plis, Bob.'

'Ges i wared ar yr hwfer yn ddiweddar.'

'Pam gest ti wared ar dy hwfer, Bob?'

'Wel, dim ond casglu llwch oedd e!'

Rholiodd y gwylanod ar hyd y lle dan chwerthin yn uchel.

Syllodd Llŷr ar yr adar. Roedd e wedi blino gormod i ymuno yn yr hwyl. Cododd ar ei draed. 'Ry'ch chi'n hollol boncyrs,' meddai cyn gadael.

'Glywais ti 'na? Ry'n ni'n boncyrs!' meddai Bob wrth Barbra.

‘Beth yw ystyr “boncyrs”?’

‘Sai’n siŵr, ond mae e’n swnio’n bwysig,’ atebodd Bob wrth wylio’r bachgen yn diflannu drwy giât y maes parcio.

*

Cafodd Llŷr sioc pan laniodd ym maes y gweithgareddau agored. Gwelodd res o blant yn hongian oddi ar y wifren wib fel sanau ar lein ddillad. Gwelodd Hari a grŵp o ddisgyblion eraill yn eistedd mewn go-certi ym mwd y trac rasio. Ac roedd Henri a chlwstwr o blant yn gorwedd wrth draed y wal ddringo. Gorweddai talpau o’r wal o’u cwmpas a synhwyrodd Llŷr fod y darnau wedi dod yn rhydd gan achosi i’r plant ddisgyn.

‘Syr, Miss, helpwch ni,’ cwynodd Siani. Gallai Llŷr weld y ferch a’r disgyblion eraill, ynghyd â darnau o feiciau, yn gorwedd ar draws y cwrs beicio.

Rhedodd Llŷr at Miss Sian Pŵ a Mr Dan Dryff. ‘Beth wnewn ni?’ gofynnodd yn bryderus ond roedd yr athrawon yn rhy brysur yn syllu’n gariadus ar ei gilydd i sylwi ar yr anhrefn o’u cwmpas.

‘Ewadd annwyl! Dach chi ’di dinistrio’r maes gweithgareddau agorad a’r holl offer!’ sgrechiodd Blodwen Bling.

‘Dyw’r go-certi ddim yn gweithio,’ cwynodd Hari.

‘Mae’r wal ddringo’n disgyn yn ddarnau,’ cyhoeddodd Henri wrth rwbio’i ben.

‘Ac mi wnaeth y beiciau ddatgymalu wrth i ni eu reidio,’ gwaeddodd Siani wrth ddangos handlen doredig yn ei llaw.

‘Fe gewch chi dalu am y difrod,’ meddai Blodwen cyn codi chwiban arian i’w cheg. Chwythodd e’n nerthol a gorchuddiodd pawb eu clustiau rhag y sgrech uchel. Yna, diflannodd yr haul yn sydyn a gwelodd Llŷr gawr yn syllu i lawr ar bawb.

‘Dai Bola Bach, dos â’r plant erchyll yma o ’ngolwg i! Gwna’n siŵr eu bod nhw’n gweithio’n galad o fora gwyn tan nos, ti’n clywad?’ gorchmynnodd Blodwen.

‘Â phleser, cariad,’ meddai Dai â gwên ddieflig ar ei wyneb.

Crynodd Llŷr yn ofnus wrth weld y cawr yn rhofio’i gyd-ddisgyblion i’w whilber arian. Tasgodd y llwch o’i ben gan orchuddio popeth o’i gwmpas.

‘Beth yw hyn?’ holodd y cawr. Cydiodd mewn llond llaw o lwch a dechreuodd glafoeri’n awchus. ‘Mi allen i wasgaru hwn ar ben fy hufen afiach. Neu beth am greu hufen afiach blas llwch pen, llyffantod a llygod?’ Tasgodd y poer fel rhaeadr o’i geg gan

wlychu Sian Pŵ a Dan Dryff hyd at eu crwyn. Ond sylwodd yr athrawon ddim. Roedden nhw'n rhy brysur yn mwytho gwalltiau'i gilydd.

'Dos rŵan, Dai. Mae'r ysgol ola' ar fin cyrraedd a bydd angan i chdi greu llond trol o gynnyrch ar gyfer cwmni Slebetsh a Slwj. Dwi newydd weld tiara hynod ddrud ar y we, sdi, a dwi am ei brynu,' meddai Blodwen cyn diflannu am y maes parcio.

Gwyliodd Dai ei wraig yn gadael. 'Mi fydden i'n gyfoethog iawn petaet ti ddim yn gwario pob ceiniog sydd gen i ar emwaith,' meddai'n dawel wrth gasglu'r llwch a gweddill disgyblion Ysgol Pen Lluwch. Doedd y cawr heb sylwi bod Llŷr Llwch Pen yn absennol. Roedd y bachgen wedi llwyddo i dwrio'i ffordd i ryddid o dan y llwch.

*

Ar ôl i bopeth dawelu, cododd ffigwr fflwfflyd o'r llwch. Ysgydwodd y creadur ei gorff cyn camu oddi yno'n ofalus.

Chwarddodd Tina wrth eistedd ar y toiled. Roedd hi'n mwynhau ei chylchgrawn a doedd dim syniad ganddi beth oedd newydd ddigwydd ar faes y gweithgareddau agored.

Pennod 8

'Dwi'n socian! Bai Dewi Dagrau yw hyn,' cwynodd Carwyn Conan wrth sefyll ger bws Ysgol Tre Trist.

'A minnau. Ro'n i'n sych ar ddechrau'r daith ond nawr dwi fel clwtyn llestri,' llefodd Anwen Anhapus.

'Dewch nawr, blant. Ry'n ni newydd ddechrau wythnos o wyliau yng Ngwersyll Hyll Glan Llan,' meddai Miss D. Flas wrth i'r diferion lifo i lawr ei gwallt a'i hwyneb.

Os oedd Dewi'n teimlo'n drist yn ystod y daith roedd e'n dristach o lawer erbyn hyn. Roedd Carwyn ac Anwen yn dwlu ar gwyno i'r athrawes am ddagrau Dewi. Teimlai fod y ddau'n gwneud eu gorau i'w gynhyrfu er mwyn gwneud iddo grio.

Doedd Dewi ddim eisiau mynd ar y trip gyda'r ysgol. Byddai'n well ganddo aros adre gyda'i dad. Ond roedd hwnnw wedi mynnu bod ei fab yn mynd. 'Geith y tŷ gyfle i sychu tra bo' ti bant,' meddai wrth i Dewi fynd ar y bws y bore hwnnw. Llenwodd llygaid Dewi â dagrau wrth feddwl am ei dad. Roedd e'n hiraethu'n ofnadwy amdano'n barod, er mai dim ond dwy awr oedd wedi mynd heibio ers iddyn nhw ffarwelio â'i gilydd.

'Pwy sy 'di bod yn lluchio dŵr o gwmpas y gwersyll?' sgrechiodd llais dieithr. 'Bu bron i mi foddi mewn pwll ar fy ffor' yma!'

Trodd Dewi a gwelodd ddynes fach yn disgleirio fel lloeren wrth fws yr ysgol.

'Dewi Dagrau sy'n gyfrifol am hynna,' atebodd Carwyn ac Anwen. Roedd y ddau'n pwyntio tuag ato ac yn gwenu'n slei.

Teimlodd Dewi'r dagrau'n cronni yn ei lygaid eto.

'Paid ti â meiddio colli deigryn arall, washi,' gorchmynnodd y ddynes lachar cyn taflu rholyn cyfan o bapur tŷ bach at Dewi.

'Esgusodwch fi, pwy y'ch chi? Sdim hawl 'da chi i wneud hynna i fy nisgybl i,' meddai Miss D. Flas yn ansicr.

Trodd y ddynes ei chorff a fflachiodd ei gemau gan ddallu'r athrawes. 'Gadewch i mi gyflwyno fy hun. Fy enw i 'di Blodwen Bling. Fi 'di perchennog Gwersyll Hyll Glan Llan. Roedd yr

hogyn wylofus yma'n creu llanast ac roedd angan i mi roi terfyn ar hynny,' meddai'n llym.

Syllodd Dewi ar draws y maes parcio. Roedd golwg ofnadwy ar y lle. Gwelodd dyllau dyfnion yn y concrit ac roedd chwyn yn tyfu'n wyllt ar hyd y lle. Blodwen oedd yn gyfrifol am y llanast yma, nid ei ddagrau fe.

'Ym ... ie ... wrth gwrs. Mae'n ddrwg gen i am hynna,' sibrydodd Miss D. Flas. Ceisiodd ei gorau i wenu ond edrychai fel pe bai hi'n sgrechian, meddyliodd Dewi.

'Ysgol Tre Trist ydach chi, felly. Mae'r ysgolion eraill yma'n barod ac yn edrach ymlaen yn arw i'ch cyfarfod,' meddai Blodwen gyda thinc annifyr yn ei llais.

'Pwy sydd wedi arllwys dŵr y tu mewn i 'mws i?' bloeddiodd y gyrrwr wrth gerdded allan o'r cerbyd. Roedd ei dillad yn wlyb diferol a rhedai tri llinyn o wallt llipa i lawr ei hwyneb. 'Bydd fy mòs eisiau atebion pan af i'n ôl i'r depo, felly ...'

'Gyrrwyr bysiau – dwi'n eich casáu chi bron cymaint â chathod!' poerodd Blodwen yn flin. 'Rŵan ta, rho'r gora i dy gwyno, ddyn, a diolcha na fydd rhaid i ti ei olchi pan ei di o 'ma!'

'Rhag eich cywilydd! Nid dyn ydw i ond dynes! Fy enw i yw

Gwenda, Gwenda'r Yrwraig,' mynnodd hithau'r un mor flin.

'Be 'di'r otsh?! Dach chi yrwyr yn union yr un fath â'ch gilydd. Mae hyd yn oed eich gwalltiau'n debyg!'

Dechreuodd y plant biffian chwerthin wrth wrando ar y ddwy ddynes yn ffraeo. Wel, pawb heblaw Dewi, wrth gwrs. Roedd e eisiau mynd adre.

'Gwna dy waith a dos i nôl cesys dillad y plant,' gorchmynnodd Blodwen wrth droi ei chefn ar Gwenda. 'Mi fyddwch chi'n aros yn Llys Llipa tra byddwch chi yma ... addas iawn yn ôl eich golwg chi,' meddai wrth syllu ar y plant a'r athrawes. 'Pan fyddwch chi wedi setlo, ewch draw i'r llethr sgio. Mae 'na awal ffres yn fan'no bob amsar. Yr union beth i sychu dillad gwlyb. Mi wna i ymuno efo chi ger y llethr.'

Diflannodd Blodwen mewn fflach ac aeth y plant ati i gasglu eu heiddo cyn mentro tuag at y neuadd breswyl.

Cerddai Dewi ar ei ben ei hun. Gwyddai nad oedd ei gyd-ddisgyblion eisiau dod yn agos iddo rhag ofn y byddai'n eu gwlychu gyda'i ddagrau.

Cafodd Dewi dipyn o sioc pan gyrhaeddodd adeilad Llys Llipa. Roedd y plastar wedi disgyn oddi ar y muriau ac fe hongiai'r drysau'n fregus ar eu bachau. Roedd y tu mewn yn waeth na'r tu allan. Rhedai staeniau melyn a brown i lawr y waliau a chronni'n byllau slwjlyd ar y llawr. Roedd y ffenestri mor fudr roedd yn amhosib gweld trwyddyn nhw. Aroglai'r neuadd breswyl yn fwsglyd ac yn hen. Taflodd Dewi ei fag ar wely yng nghornel yr ystafell a thasgodd cwmwl o lwch i fyny'r awyr.

'Dwi ddim eisiau aros fan hyn. Dwi eisiau mynd adre,' cwynodd yn drist.

Yn sydyn, ffrwydrodd y dagrau fel pistyll o'i lygaid. Teimlodd ei hun yn cael ei godi a phan edrychodd o'i gwmpas gwelodd y cesys, y matresi a'r clustogau'n nofio ar hyd y neuadd. Doedd e ddim yn gallu stopio crio ac roedd y nenfwd yn agosáu'n gyflym tuag ato. Penderfynodd blymio i'r dŵr a nofio tuag at ddrws yr allanfa dân. Brwydrodd am beth amser i'w agor ond roedd y bar yn llithrig a'r drws yn gwrthod agor.

Gallai Dewi weld ei adlewyrchiad yn y bar arian. Hedfanai ei wallt brown o gwmpas ei wyneb ac roedd ei goesau'n dechrau codi'n uwch na'i ben. Edrychai fel gofodwr yn arnofio mewn llong ofod, meddyliodd. Teimlodd ei frest yn tynhau ac roedd

e'n ysu am ocsigen. Rhoddodd un cynnig arall arni, a chyda lwc ildiodd y drws a chafodd ei hyrddio allan o'r adeilad cyn glanio ar y lawnt.

Poerodd y dŵr o'i geg ac edrychodd o'i gwmpas. Roedd y borfa hir yn fflat erbyn hyn gyda'r cesys dillad, y matresi a'r clustogau'n gorwedd ar hyd y lle. 'Mae'n well i mi esbonio wrth Miss D. Flas a'r disgyblion eraill beth sydd newydd ddigwydd,' meddai Dewi'n ddigalon.

Cododd ar ei draed a'i throi hi am y llethr sgio.

Pennod 9

Rhuthrodd Dewi Dagrau ar hyd y llwybr troellog. Roedd tyllau ym mhobman a doedd e ddim am droi ei bigwrn cyn cael cyfle i sgio. Taflai'r coed gysgodion tywyll ar hyd y llwybr gan godi ofn ar Dewi, ond roedd e'n benderfynol na fyddai'n crio eto.

Ciliodd y coed a sythodd y ffordd, a chafodd Dewi sioc wrth weld dwy wylan yn torheulo o'i flaen.

'O, mae'n braf cael ymlacio fel hyn, Barbra.'

'Ydi wir, Bob. Sdim angen poeni am Blodwen na'r cawr hyll 'na chwaith.'

Rhwbiodd Dewi ei lygaid a charthodd ei glustiau gyda'i fysedd. 'Ers pryd ydw i'n medru deall gwylanod yn siarad?' holodd ei hun yn uchel.

Tasgodd yr adar ar eu traed a'i lygadu'n ofalus.

'Pwy wyt ti?' holodd yr aderyn mwyaf o'r ddau.

‘Dewi Dagrau,’ atebodd. ‘Pwy y’ch chi?’

‘Fi yw Bob a dyma Barbra,’ atebodd yr aderyn lleiaf.

‘Wyt ti wedi dod ar draws Dai Bola Bach eto?’ holodd Barbra.

‘Pwy yw Dai Bola Bach?’

‘Cawr mawr, creulon yw Dai. Mae’n casglu plant ac athrawon a’u gorfodi nhw i weithio yn ei sied er mwyn creu hufen iâ ych a fi,’ atebodd Bob yn hynod ddramatig.

Cawr sy’n creu hufen iâ? Gwylanod sy’n siarad? Fedrai Dewi ddim credu beth oedd e’n ei glywed. Roedd rhywun yn chwarae jôc arno, penderfynodd. Edrychodd o’i gwmpas gan weiddi’n groch, ‘O’r gore, gewch chi ddod allan nawr.’ Ond ddaeth neb i’r golwg. Camodd Dewi yn agosach at yr adar. ‘Chwarae teg i chi, Carwyn ac Anwen, mae’r gwisgoedd yma’n realistig dros ben.’

‘Pwy yw Carwyn ac Anwen?’ holodd Bob.

‘Bydd yn ofalus! Dyw’r bachgen yma ddim yn gall!’ rhybuddiodd Barbra.

Ysgydwodd Dewi ei ben a chwarddodd yn ysgafn. ‘Am jôc dda! Wela i chi draw wrth y llethr sgio,’ meddai cyn parhau ar ei daith.

Gwyliodd y gwylanod Dewi'n rhedeg i lawr y llwybr. 'Dyna beth oedd bachgen rhyfedd,' meddai Bob.

'Rhyfedd dros ben,' cytunodd Barbra.

*

Roedd Dewi wedi blino'n lân. Daeth y llwybr i ben yn sydyn ar gopa bryn uchel gyda chlawdd o ddrain trwchus yn atal y ffordd ymlaen. Gwthiodd ei ben trwy dwll yn y clawdd. Oddi tano, gallai weld disgyblion Ysgol Tre Trist yn sefyll o gwmpas Miss D. Flas.

'Mae'r polion sgio wedi torri,' cwynodd Carwyn Conan.

'A dyw'r sgiau ddim llawer gwell,' ychwanegodd Anwen Anhapus.

Doedd y ddau byth yn hapus heblaw pan oedden nhw'n cwyno, meddyliodd Dewi.

'Dwi'n gwybod,' cytunodd yr athrawes yn ddiflas. 'Dwi ddim yn siŵr a yw hi'n ddiogel i chi sgio i lawr y llethr chwaith, gyda'r holl dyllau sydd arno.'

Yna cafodd Dewi ei ddallu gan olau llachar. Wrth iddo geisio symud yn ôl o'r golau, teimlodd y drain yn ei bigo a'i glymu'n dynnach yn y clawdd. Fedrai ddim symud!

Gwelodd Blodwen Bling yn sefyll o flaen Miss D. Flas. 'Ydach chi'n mwynhau?' holodd yn swrth.

'Mae'r offer yma wedi torri,' atebodd Carwyn.

'Ac mae'n amhosib sgio i lawr y llethr oherwydd yr holl dyllau,' ychwanegodd Anwen.

'Ewadd annwyl! Dwi'n casáu plant, yn enwedig plant sy'n cwyno. A deud y gwir, dwi'n eu casáu nhw bron cymaint â chathod!' sgrechiodd yn flin cyn codi chwiban arian i'w cheg.

'Mae gan y plant bwynt ...' cynigiodd Miss D. Flas cyn i'r chwiban foddi ei llais.

Distawodd pawb a chododd ffigwr anferth fel nendwr y tu ôl i Blodwen. Crynodd Dewi yn y clawdd a gwthiwyd y drain yn ddyfnach i'w groen. Dechreuodd ei lygaid losgi a llenwi â dagrau. Fe roddai'r byd am fod adre gyda'i dad yr eiliad honno.

'Dai Bola Bach, mae athrawes a phlant Ysgol Tre Trist yn barod amdana chdi. Dwi erioed wedi cyfarfod plantos sy'n cwyno cymaint! Dos â nhw i dy sied cyn i mi eu gwthio i lawr y llethr yma!' gorchmynnodd Blodwen.

'Wrth gwrs, cariad,' rhuodd Dai. Cododd bawb gydag un llaw flewog a'u harllwys i grombil ei whilber. Yna, teimlodd ddiferion o ddŵr yn llifo rhwng bysedd ei draed gan wlychu'i

fflip-fflops. Edrychodd o'i gwmpas a sylwi ar nant fechan yn ymlwybro o'r clawdd fry uwchben. Cynyddodd y dŵr a throdd y nant yn afon mewn chwinciad.

'Beth sy'n digwydd?' holodd Dai'n ddryslyd cyn i'r afon orlifo dros y clawdd a thasgu tuag ato.

'Dos â ni o 'ma, Dai, cyn i ni foddi,' plediodd Blodwen.

Cydiodd y cawr yn ei wraig a chamu o ffordd y dŵr mewn da bryd. Roedd y ddau'n gwbl syfrdan pan ymddangosodd bachgen ar ben y don anferth gyda dagrau'n tasgu o'i wyneb.

'Dewi Dagrau!' ebychodd Blodwen yn syn.

'Dagrau! Allen i greu rysáit blasus iawn gyda'r rheina. Hufen afiach blas dagrau, danadl poethion a dant y llew,' meddai Dai'n freuddwydiol.

'Mae'n rhy hwyr rŵan. Yli!' mynnodd Blodwen.

Gwyliodd y ddau Dewi'n diflannu dros ochr y llethr sgio.

'Hidia befo. Mae gynnon ni ddigon o weithwyr a chynhwysion erbyn hyn. Mi fedri di greu'r hufen afiach mwyaf ffiaidd a fu yn hanas hufen o'r fath! Mi fydd rheolwyr cwmni Slebetsh a Slwj wrth eu boddau.'

'Ti'n iawn, Blodwen. Bant â ni!'

Ymlwybrodd y cawr a'i wraig oddi ar y llethr yn hapus eu byd.

Gwyliodd y creadur y llethr yn gwagio a chamodd allan o'i guddfan wrth fôn hen goeden. Llyfodd ei wisgers a'i ddannedd miniog a sleifio i gyfeiriad y tai bach lle roedd llygod yn byw. Roedd e'n llwgu.

Yn y cyfamser, draw yn y tŷ bach ...

y Pedlwm Hwerus!

Pennod 10

Brasgamai Bob i fyny ac i lawr y llwybr gyda'i big yn yr awyr a'i frest wedi'i gwthio allan. Cysgodai Barbra ei chyfaill gan gopïo pob symudiad. Yr ochr arall i'r llwybr eisteddai Medwyn Mwydod, Teleri Tisian, Llŷr Llwch Pen a Dewi Dagrau ar fainc yn gwrando'n astud.

'Ry'n ni wedi dod â chi yma er mwyn eich helpu chi,' cyhoeddodd Bob.

'A chewch chi'n helpu ni i achub Beti gyda'ch talentau arbennig,' mynnodd Barbra.

'Paid â thorri ar fy nhraws i, Barbra,' cwynodd Bob. 'Mae Dai Bola Bach wedi cipio'ch athrawon a'ch cyd-ddisgyblion gyda help Blodwen Bling, ac maen nhw'n cael eu cadw mewn sied fawr.'

'Ble mae'r sied?' holodd Medwyn.

'Rhywle yn y gwersyll,' atebodd Barbra.

‘Ble?’ gofynnodd Teleri.

‘Smo ni’n siŵr. Nawr, peidiwch â thorri ar fy nhraws i,’ gorchmynnodd Bob am yr eildro. ‘Dwi’n awgrymu ein bod ni’n dod o hyd i’r sied ...’

‘Mi fydd hynny hawdd. Mae’n rhaid bod y sied yn anferth i gynnal cawr maint Dai Bola Bach,’ ychwanegodd Barbra.

‘Barbra, paid â thorri ar fy nhraws i,’ cwynodd Bob am y trydydd tro. ‘Ar ôl i ni ddod o hyd i’r sied, fe newn ni ruthro trwy’r fynedfa, cipio’n ffrindiau, carcharu Blodwen a Dai, ac yna dathlu ...’

‘Trwy fwyta hufen afiach?’ holodd lais dwfn fry uwchben.

‘Nefoedd yr adar! Sawl gwaith sydd raid i fi weud? Peidiwch â thorri ar fy nhraws i!’ sgrechiodd Bob. Edrychodd i fyny a gwelodd Dai Bola Bach yn gwenu arno.

Cipiodd y cawr y gwylanod a’r pedwar plentyn yn ei law a’u codi tuag at ei wyneb. ‘Doeddech chi ddim yn meddwl fy mod i wedi anghofio amdanoch chi?’ Chwarddodd yn uchel. ‘Fe gewch chi ymuno â’ch ffrindiau yn fy sied i helpu i greu’r hufen afiach mwyaf erchyll a flaswyd erioed!’ Llyfodd Dai ei wefusau a llifodd rhaeadr o boer o’i geg ac i lawr ei enau cyn

gwlychu blaen ei grys Hawäiaidd.

'A beth os ddwedwn ni na?' holodd Bob.

Diflannodd y wên o wyneb y cawr. 'Yna, fy nghyfaill pluog, bydd rhaid i mi eich cynnwys chi mewn rysáit newydd: hufen afiach blas bechgyn, merched a gwylanod!'

'Popeth yn iawn, mi wnewn ni'ch helpu chi, yntife, blant?' meddai Bob yn frwd.

Nodiodd pawb eu pennau.

'Gwych! Bant â ni!' meddai Dai. Gosododd y cwmni ym mhoced ei grys lliwgar a chau'r sip yn sownd.

*

'Dwi wastad wedi eisiau cath fach,' meddai Tina wrth syllu ar ei ffrind newydd. Roedd y creadur wedi crwydro i'r tŷ bach tra bod Tina'n darllen ei chylchgrawn yno. Anwybyddodd Tina hi i ddechrau ond rhwbiodd y gath yn erbyn coesau Tina a mewian yn ddi-stop. Cododd Tina hi i'w brechiau a mwythodd y ffwr fflwfflyd. Aeth y gath ati i ganu grwndi'n hapus gan rwbio'i phen yn erbyn wyneb Tina.

Gadawodd Tina'r toiledau yng nghwmni'r gath fach er mwyn chwilio am fwyd. Cafodd sioc wrth grwydro o gwmpas y gwersyll. Doedd dim golwg na sôn am yr un enaid byw yn unman. Yr unig dystiolaeth o fywyd a welodd Tina oedd olion pridd yma ac acw. Roedd hi'n amlwg bod Medwyn wedi bod yn y cyffiniau'n hudo mwydod. Yna, gwelodd sbwriel yn gorwedd ar hyd y lle fel pe bai tornado newydd chwythu drwy'r gwersyll. Ymhellach ymlaen, sylwodd ar bentyrrau o lwch gwyn ym mola'r cloddiau, a phyllau dyfnion o ddŵr yn nhyllau'r llwybrau a'r maes parcio.

Ond y peth rhyfeddaf oll oedd yr olion traed anferth. Dilynodd Tina nhw i stablau'r ceffylau, o gwmpas bryn serth, ar draws y maes gweithgareddau agored ac i fyny ac i lawr y llethr sgio.

Stopiodd Tina i orffwys am ychydig. Roedd yr holl gerdded wedi'i blino'n lân. Mwythodd y gath fach yn ei breichiau. Roedd hi mor annwyl, meddyliodd. Yn sydyn, clywodd rywun yn sgrechian a llais dwfn yn chwerthin. Tasgodd ar ei thraed a rhedeg i gyfeiriad y sŵn.

Cafodd Tina sioc pan welodd gawr yn gosod Medwyn, tri phlentyn a dwy wylan ym mhoced ei grys lliwgar. Cuddiodd mewn clawdd gerllaw ac arhosodd yno gyda'r gath am beth

amser. Doedd hi ddim eisiau cael ei herwgipio a'i chaethiwo ym mhoced y dyn enfawr, fel y lleill.

Pan dybiodd ei bod yn ddiogel cododd Tina'n ofalus o'i chuddfan. Roedd y cawr wedi mynd ond roedd olion ei draed i'w gweld ar y llawr.

'Sdim rhyfedd bod y gwersyll mor dawel. Mae'n rhaid bod y cawr wedi cipio pawb a mynd â nhw i rywle,' meddai Tina wrth y gath. 'Os ydw i am helpu Medwyn a phawb arall fe fydd rhaid i mi ddod o hyd i'w bencadlys. Dere!' Camodd Tina i ganol y llwybr cyn bwrw ati i ddilyn olion traed Dai Bola Bach unwaith yn rhagor.

Pennod 11

Cuddiai Tina y tu ôl i bentwr o annibendod yng nghornel sied Dai Bola Bach. Roedd hi wedi llwyddo i ddringo trwy ffenest agored y tai bach. Gallai deimlo'r gath fach yn cysgu ym mhoced ei dyngarîs wrth iddi wylio Mr Mwd, disgyblion ysgol Llan Llaid, a thorf o ddisgyblion ac athrawon dieithr yn gweithio'n galed.

'Dewch 'mlaen, y pwdron! Mae cwmni Slebetsh a Slwj yn disgwyl llwyth o hufen afiach erbyn diwedd y pnawn!' bloeddiodd y cawr o ben pella'r neuadd. Eisteddai ar gadair enfawr a gwisgai crys, siorts lliwgar a fflip-fflops am ei draed. Edrychai'i fola fel petai ar fin bostio o'i grys. Dyma'r gŵr y gwelodd Tina yn stwffio Medwyn i'w boced rai oriau ynghynt.

Wrth draed y cawr, gwelodd Tina bedair potel wydr â thiwbiau hir yn eu cegau, a'r rheiny'n sownd wrth dwba haearn. Safai Medwyn yn un, merch yn un arall, a dau fachgen yn y

ddwy botel olaf. Gerllaw'r poteli roedd hen ddyn a dynes a thair gwylan mewn caets. Edrychai'r criw yn hynod ddiflas ac roedd Tina'n cydymdeimlo â nhw.

'Pwy sydd efo ni fan'ma?' gwichiodd llais cyfarwydd.

Trodd Tina a gwelodd Blodwen Bling yn syllu arni.

'Ty'd efo fi. Dwi am dy gyflwyno di i fy ngŵr, Dai Bola Bach!'

Cerddodd y ddwy heibio'r plant. Edrychai Tanwen Twt yn hynod flêr, meddyliodd Tina. Roedd ei gwallt wedi'i orchuddio mewn saim porffor wrth iddi droi rhyw gymysgedd ffiaidd.

'Mae hwn yn afiach,' meddai bachgen arall wrth godi bwced i dwba anferth. Llithrodd o'i afael a thasgodd y gymysgedd frown i bob cyfeiriad.

'Bydd yn ofalus o 'ngwallt i, Seimon!' rhybuddiodd merch wrth ei ochr.

'Sai'n becso am dy wallt di, Geinor! Dwi angen edrych ar ôl fy nillad,' atebodd.

Ymhellach ymlaen, gwelodd Tina dri disgybl yn gorwedd mewn pwll gludiog, oren.

'Hari, Henri a Siani! Pam dach chi'n gorwadd ar lawr? Mae gynnoch chi waith i'w neud!' cyfarthodd Blodwen.

‘Ni ’di cwympo ac ry’n ni’n methu codi,’ cwynodd y tri.

‘Ble mae’ch athrawon a pham nad ydyn nhw’n cynnig help llaw i chi?’

Pwyntiodd y plant i gyfeiriad Sian Pŵ a Dan Dryff. Roedd y ddau’n syllu’n gariadus ar ei gilydd ger cymysgwr mawr.

‘O’r nefoedd!’ ebychodd Blodwen cyn gwthio Tina yn ei blaen. ‘Dos! Mae’r ddau yna’n codi cyfog arna i.’

Wrth i’r ddwy nesáu tuag at Dai Bola Bach, clywodd Tina ddau blentyn yn cwyno.

‘Mae’r cynhwysion yma’n drewi, Anwen,’ meddai’r bachgen.

‘Ti’n iawn, Carwyn. Dwi eisiau mynd adre,’ atebodd.

‘Byddwch yn dawal,’ gwichiodd Blodwen. ‘Os glywa i chi’n cwyno eto mi fydda i’n deud wrth Dai i’ch taflu chi i ganol y slwj!’

Nodiodd y plant eu pennau cyn ailgydio yn eu gwaith.

O’r diwedd fe laniodd Tina a Blodwen wrth draed Dai Bola Bach.

‘Ble wyt ti ’di bod yn cuddio ’te, bach?’ holodd y cawr.

‘Meindia dy fusnes,’ atebodd Tina’n swrth.

Tawelodd y plant a’r athrawon pan glywon nhw hyn.

‘Wel, wel, wel! Dwi’n gweld dy fod ti’r un mor bigog â dy wallt,’ meddai Dai cyn chwerthin yn uchel. ‘Efallai y dylwn i dy daflu di i mewn i’r twba sydd o dy flaen di?’

‘Basa hynny’n rhoi terfyn ar ei lol hi,’ ychwanegodd Blodwen.

Edrychodd Tina ar Medwyn yn ei garchar gwydr a rhuthrodd ato. ‘Defnyddia’r mwydod i’n helpu ni i ffoi o ’ma!’ plediodd ar ei ffrind.

Caeodd Medwyn ei lygaid. Dechreuodd fwmial yn uchel ac ysgwyd ei fysedd. Ymddangosodd miloedd o fwydod mewn chwinciad gan gwthio’u hunain drwy’r llawr gwydr. Saethodd y tri phlentyn arall ar eu traed wrth weld hyn. Ysgydwodd Llŷr ei ben, tasgodd dagrau o lygaid Dewi, a hyrddiodd tisiadau nerthol o drwyn Teleri.

Gwelodd Tina graciau’n ymddangos yn y muriau gwydr. ‘Daliwch ati. Ry’ch chi bron yna!’

Clapiodd Dai ei ddwylo’n uchel. ‘Diolch yn fawr, Tina. Roedd y pedwar wedi gwrthod defnyddio’u doniau pan ofynnais iddyn nhw, ond maen nhw’n fodlon gwrando arnat ti, mae’n amlwg,’ meddai. Gwasgodd fotwm ar ei gadair a dechreuodd y mwydod, y llwch pen, y dagrau, a gwynt y tisian ddiflannu i fyny’r tiwbiau.

Chwarddodd y cawr unwaith eto cyn cyhoeddi, 'Dyma'r cynhwysion olaf ar gyfer fy hufen afiach byd enwog!'

'Mae hi ar ben arnom ni,' sibrydodd Tina wrth ddisgyn ar ei chluniau mewn anobaith. Teimlodd ei dyngarîs yn symud a'r eiliad nesaf daeth y gath fach i'r golwg, yn edrych yn gysglyd. Dechreuodd fewian cyn rhwbio'i hun yn erbyn wyneb Tina.

'AAAAA! Pwy ddaeth â'r anghenfil dychrynllyd yna i fy sied i?' bloeddiodd Dai.

'Mae hi mor erchyll! Dos â hi o 'ma, rŵan!' sgrechiodd Blodwen.

'Dwi'n cofio nawr! Mae'r cawr a'i wraig yn casáu cathod,' meddai Beti'n gyffrous.

'Cer â'r gath draw atyn nhw,' cynghorodd Bob.

Cododd Tina'r creadur a cherdded draw at Dai.

'Sai'n aros fan hyn am eiliad arall! Gewch chi gadw'r sied a'r hufen afiach,' rhuodd cyn rhedeg allan o'r adeilad.

Trodd Tina i wynebu Blodwen a dechreuodd y gath fewian yn ysgafn. Sgrechiodd Blodwen mor uchel fe chwalodd celloedd gwydr y pedwar plentyn yn deilchion. 'Dai! Paid â 'ngadael i yma efo'r bwystfil ffyrnig!' Ceisiodd ddilyn ei gŵr ond roedd pwysau'r gemwaith yn rhwystro'i symudiadau. Dechreuodd

daflu'r gemau oddi arni er mwyn rhedeg yn gynt. Erbyn iddi ruthro drwy'r fynedfa roedd hi wedi diosg y breichledau, y cadwyni, y modrwyon, a hyd yn oed y clustlysau, ar lawr y sied.

'HWRÊ!' gwaeddodd pawb.

Tisianodd Teleri'r clo oddi ar gaets yr adar a'r hen gwpwl. Herciodd yr hen ŵr a'i wraig at Tina a'r pedwar plentyn arall.

'O diolch o galon am ein rhyddhau ni,' meddai'n grynedig. 'Fi yw Mr Llan a dyma fy ngwraig, Mrs Llan.'

'Ry'n ni wedi bod yn sownd yn y caets yna ers i Blodwen a'i gŵr gyrraedd ein gwersyll. Gorfododd y ddau ni i weini arnyn nhw am flynyddoedd,' meddai hithau'n drist.

'Mae croeso i chi aros yma. Mae digon o fwyd yn y cypyrddau,' meddai Mr Llan.

'Ond sut olwg sydd yna ar y gwersyll?' holodd Mrs Llan.

'Dwi'n siŵr y byddwch chi'n medru defnyddio'r gemwaith i dalu am y gwaith adnewyddu,' meddai Mr Mwd wrth syllu ar y deiamwntiaid a'r gemau disglair ar lawr y sied.

'Beth am yr atyniadau?' holodd Anwen Anhapus.

'Mae 'na bedwar person arbennig iawn yn ein plith ni,' meddai Bob.

‘Beth am i ni ddefnyddio’u talentau i wneud hon yn wythnos i’w chofio i bawb?’ cynigiodd Barbra.

‘Medwyn, Teleri, Llŷr a Dewi, dewch gyda ni!’ meddai’r gwylanod cyn hedfan allan o’r sied.

Pennod 12

Safai Dewi Dagrau ar gopa'r bryn yn edrych i lawr ar y tir corsiog. Roedd y llyn wedi diflannu'r diwrnod cynt pan disiodd Teleri arno.

'Nawr 'te, Dewi, meddylia am rywbeth trist,' meddai Miss D. Flas.

Caeodd y bachgen ei lygaid a dychmygodd ei fod adre gyda'i dad. Yna cofiodd am y digwyddiad yn Llys Llipa pan fu bron iddo foddi. Teimlodd y dagrau'n cronni cyn ffrwydro o'i lygaid. Cynyddodd y llif gan raeadru'n wyllt i'r basn islaw. Ymhen dim, roedd yna lyn o dan y bryn unwaith eto.

'Da iawn, Dewi Dagrau!' gwaeddodd y plant. Doedd Dewi erioed wedi teimlo mor boblogaidd.

Rhuthrodd y disgyblion i lawr y llethr cyn plymio i ganol y dŵr.

'Mae rhywun eisiau dweud rhywbeth i ti, Dewi,' meddai'r athrawes.

'Mae'n ddrwg iawn 'da ni am fod yn gas i ti,' meddai Carwyn.

'Allwn ni fod yn ffrindau?' cynigiodd Anwen.

Syllodd Dewi ar y ddau. Roedden nhw'n edrych fel petaen nhw'n edifar a byddai'n braf cael ffrindiau am unwaith, meddyliodd. 'O'r gorau,' atebodd wrth wenu'n hapus ar ei gyfeillion newydd.

'Dere i nofio gyda ni,' meddai Carwyn cyn i'r tri ei heglu hi am y llyn.

*

'Wyt ti'n barod?' holodd Miss Macyn.

Nodiodd Teleri Tisian a chau ei llygaid yn dynn. Ysgydwodd Seimon Smart a Geinor Gwallt dusw o flodau o flaen ei thrwyn ac anadlodd yn ddwfn trwy'i ffroenau.

'AAAATISHW!' bloeddiodd trwyn Teleri.

Taflwyd Seimon a Geinor i'r llawr, chwythwyd y llysnafedd gwyrdd oddi ar y wal ddringo a'r mwd oddi ar y trac go-certi.

Neidiodd grŵp o blant ar y beiciau a'r ceir rasio a gwibiodd eraill i lawr y weiren wib. 'Hwrê,' gwaeddodd y plant cyn dechrau dringo'r wal yn gyffrous.

'Fe fues i wrthi drwy'r nos yn trwsio'r offer, gyda help Mr Mwd,' esboniodd Mr Llan yn flinedig. 'Ond roedd e'n werth e i weld pawb yn mwynhau. Diolch am glirio'r llanast gyda dy drwyn, Teleri.'

'Dwi'n falch o fedru helpu,' atebodd.

Cerddodd Seimon a Geinor yn sigledig tuag ati. Roedd dillad a gwalltiau'r ddau dros y lle i gyd ond doedd dim ots ganddyn nhw. Roedd pawb eisiau bod yn ffrindiau gyda Teleri ac roedd hithau'n mwynhau'r sylw, am unwaith.

'Beth hoffet ti neud yn gynta?' holodd Seimon yn wên o glust i glust.

'Dwi eisiau rhoi cynnig ar y weiren sip,' atebodd Teleri.

'Syniad grêt – dewch!' meddai Geinor.

Rhuthrodd y tri am y tŵr gan weiddi'n hapus ar ei gilydd.

*

'Reit. Sigla dy ben ar ôl tri,' meddai Miss Sian Pŵ.

'Un, dau, tri,' gwaeddodd Hari, Henri a Siani.

Siglodd Llŷr ei ben a thasgodd y llwch fel storm eira ar hyd y llethr sgio. Gorchuddiwyd y tyllau a gorweddai'r dafnau gwynion yn drwchus ar hyd y lle.

'Ardderchog!' bloeddiodd Mr Dan Dryff. 'Mae Mr Llan wedi trwsio'r offer sgio felly gall pawb ddefnyddio'r llethr, diolch i ti, Llŷr.'

'Newn ni dy rasio di i lawr i'r gwaelod, Llŷr,' meddai Henri, Hari a Siani.

'O'r gorau,' atebodd cyn i'r pedwar ruthro i ffwrdd.

Gwenodd Miss Sian Pŵ a Mr Dan Dryff wrth wylio'r disgyblion yn mwynhau eu hunain. Am y tro cyntaf ers tro byd doedd y ddau ddim yn syllu ar ei gilydd.

*

Draw ger y stablau roedd Medwyn wrthi'n hudo mwydod i greu delwau ceffylau. Neidiodd y plant ar gefnau'r mwydod a mynd am dro o gwmpas caeau'r gwersyll. Roedd hyd yn oed Mr Mwd wedi trechu ei ofn a gosododd Tanwen Twt ar gefn y creaduriaid. Ond doedd e ddim cweit yn ddigon dewr i roi cynnig arni ei hun.

'Da iawn ti, Medwyn,' meddai Tina.

'Diolch i'r gwylanod am feddwl am y syniad,' atebodd yn

hapus. 'A diolch i'r drefn wnest ti ddod gyda'r gath fach. Ble mae hi?'

'Mae hi a Mrs Llan wedi dod yn ffrindiau mawr,' atebodd Tina.

'Wyt ti'n siŵr nad wyt ti eisiau mynd am dro ar gefn y mwydod?' holodd Medwyn.

'Na, dim diolch. Dwi am gysylltu â Wili Silibili i gynnig stori iddo, o'r enw ...

Dai Bola Bach a'r Pump Peryglus!

Chwarddodd Medwyn. 'Ti'n gwybod beth? Dwi'n hoffi'r syniad yna. Mae'n swnio'n gyffrous,' meddai wrth wincio ar ei ffrind.

*

Fry uwchben Gwersyll Hyll Glan Llan, hedfanai Beti, Barbra a Bob mewn cylchoedd. Edrychai'r tri i lawr ar y plant a oedd yn chwarae'n hapus gyda'i gilydd.

'Dyna ddiwedd ar yr hunllef yna!' meddai Barbra.

'Ie wir. Dwi'n llwgu. Beth am i ni ei throi hi am y môr?' holodd Beti.

‘Cyn i ni fynd, atebwch hyn: pa greadur enwog sy’n byw o dan y tonnau?’ holodd Bob.

‘Dim syniad?’ atebodd y ddwy arall.

‘Seren Fôr!’ bloeddiodd Bob.

‘Dwi’n hoffi honna,’ meddai Barbra.

‘Ti’n gwybod beth, Bob? Dwi wedi gweld eisiau dy jôcs di,’ meddai Beti.

Chwarddodd y gwylanod cyn hedfan tua’r gorwel.

Epilog

Anadlodd Dai Bola Bach a Blodwen Bling yn ddwfn. Doedd y ddau heb stopio rhedeg ers gadael Gwersyll Hyll Glan Llan.

'Ble ydan ni?' holodd Blodwen wrth bwyso ar arwydd ger y ffordd.

'Paid â gofyn i fi. Dwi heb fod yma o'r blaen,' atebodd Dai wrth osod ei droed ar yr arwydd.

Edrychodd y ddau o'u cwmpas. Codai llethrau'r ddaear fel mur siâp pedol a'r unig ffordd allan o'r dyffryn oedd yr heol y tu ôl iddyn nhw.

'Dwi'n credu ein bod ni'n ddiogal o'r diwadd, Dai,' ebychodd Blodwen mewn rhyddhad.

'Ti'n iawn, cariad. Ry'n ni'n ddigon pell o'r gath arswydus erbyn hyn. Ewn ni ddim yn agos i'r gwersyll yna byth eto!'

'Na nawn wir!' meddai Blodwen cyn sylwi ar siapau'n symud

ar y llethrau. 'Be sy fyny fan'na?' holodd i'w gŵr yn nerfus.

'Sai'n siŵr,' atebodd Dai cyn clywed sŵn yn codi ar draws y dyffryn.

Disgynnodd yr arwydd o dan eu bwysau a lledodd ias oeraidd drwy'u gwythiennau wrth iddyn nhw ddarllen y geiriau, 'Croeso i Gwm y Cathod.'

Llygadodd Dai'r llethrau'n ofalus wrth i'r siapiau ddod yn fwy amlwg. Llyncodd ei boer yn ffyrnig. 'Blodwen, wyt ti'n gweld be dwi'n ei weld?' sibrydodd yn ofnus.

Nodiodd hithau'i phen cyn i'r sŵn ddod yn gliriach. Carthodd ei chlustiau'n wyllt gyda'i bysedd. 'Dai, wyt ti'n medru clywad be dwi'n ei glywad?' gwichiodd yn nerfus.

Tro Dai oedd hi i nodio nawr.

Daeth cannoedd o gathod i'r golwg, a phob un yn mewian yn uchel. Cerddai'r haid yn araf tuag at Blodwen a Dai.

'Bydd yn barod i'w heglu hi o 'ma,' meddai Dai wrth i'r ddau droi i wynebu'r heol allan o'r dyffryn.

Ond doedd unman i fynd. Roedd y cwpwl wedi'u dal oherwydd, yn sefyll o'u hamgylch, roedd rhes ar ôl rhes o gathod o bob lliw a llun. Mewiai'r creaduriaid fflwfflyd wrth

CROESO
i GWM y
CATHOD

sleifio tuag at y cawr a'i wraig.

'AAAAAAAA!' gwaeddodd Blodwen a Dai ac atseiniodd eu sgrechiadau ar draws Cwm y Cathod.

Hefyd yn y gyfres ...